Viajamos en tren

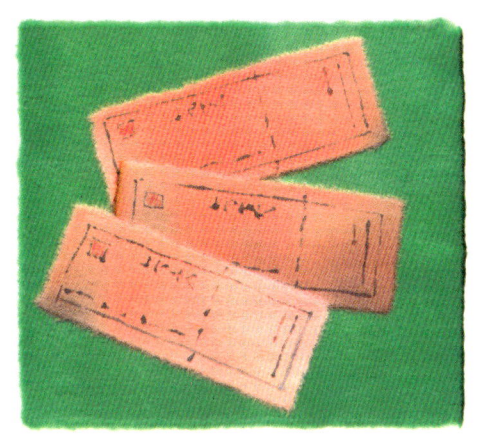

por **Candace Whitman**
traducido por **Esther Sarfatti**

Bebop Books
An imprint of LEE & LOW BOOKS Inc.

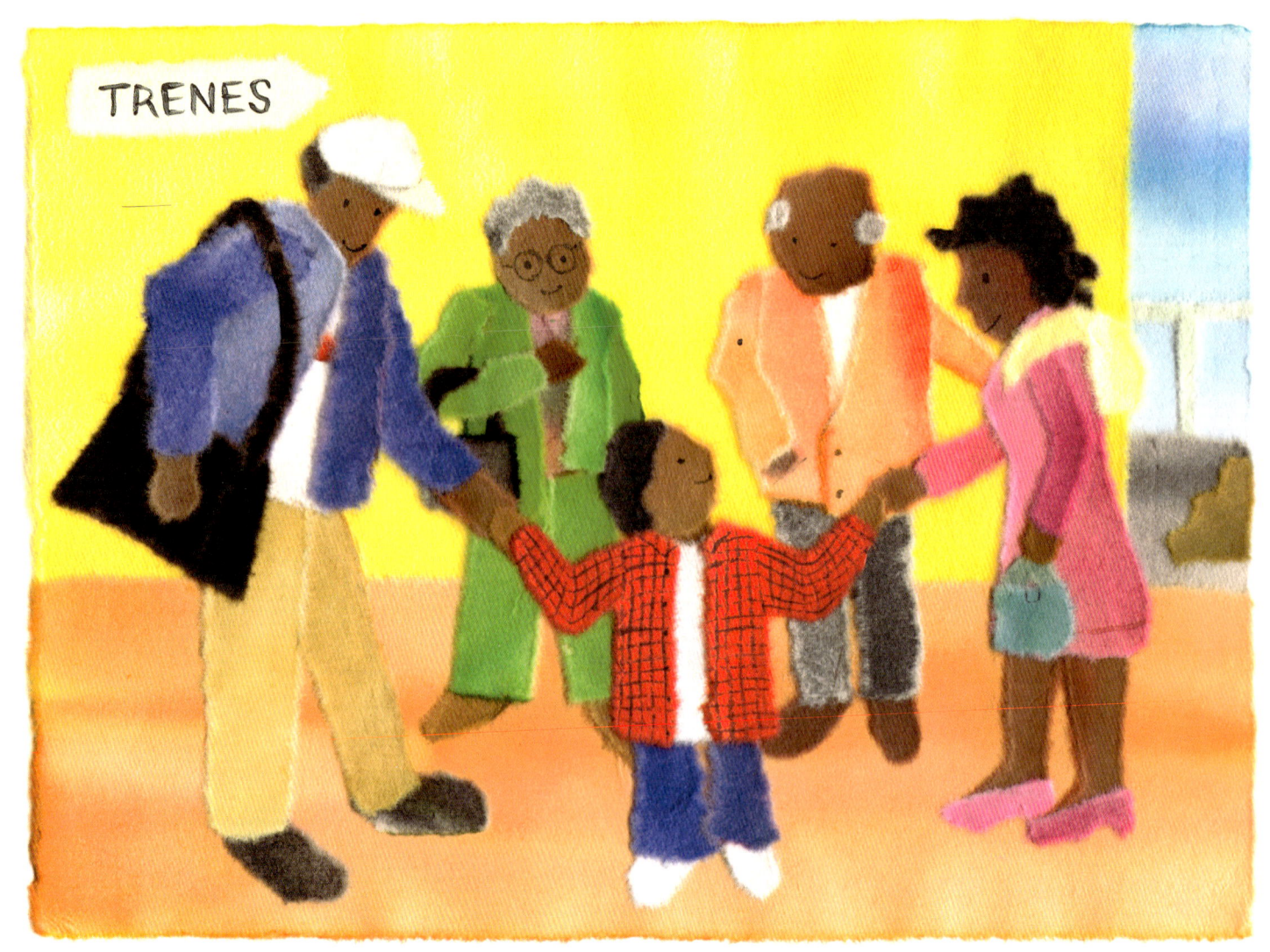

Estamos listos.

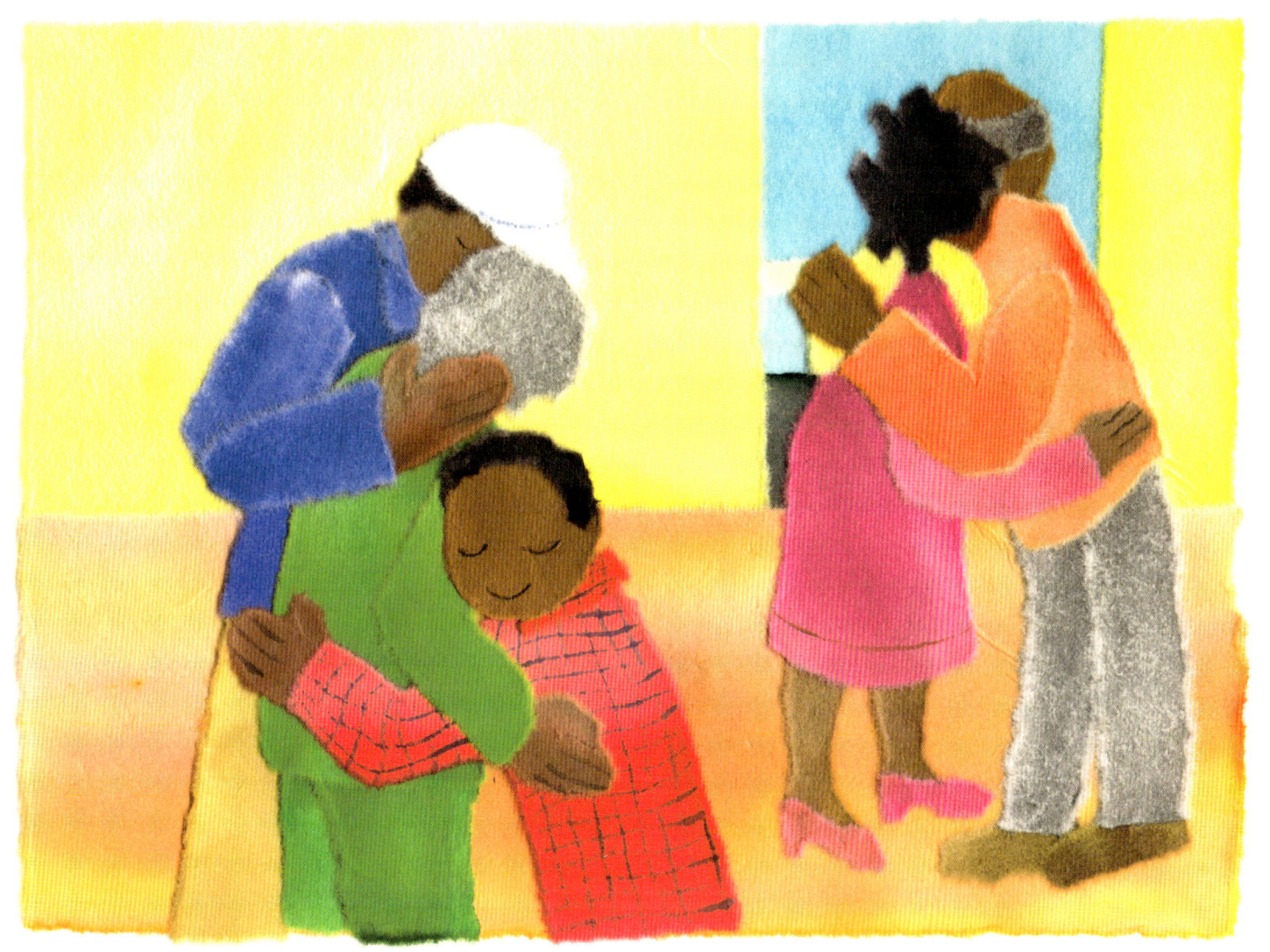

Nos abrazamos.

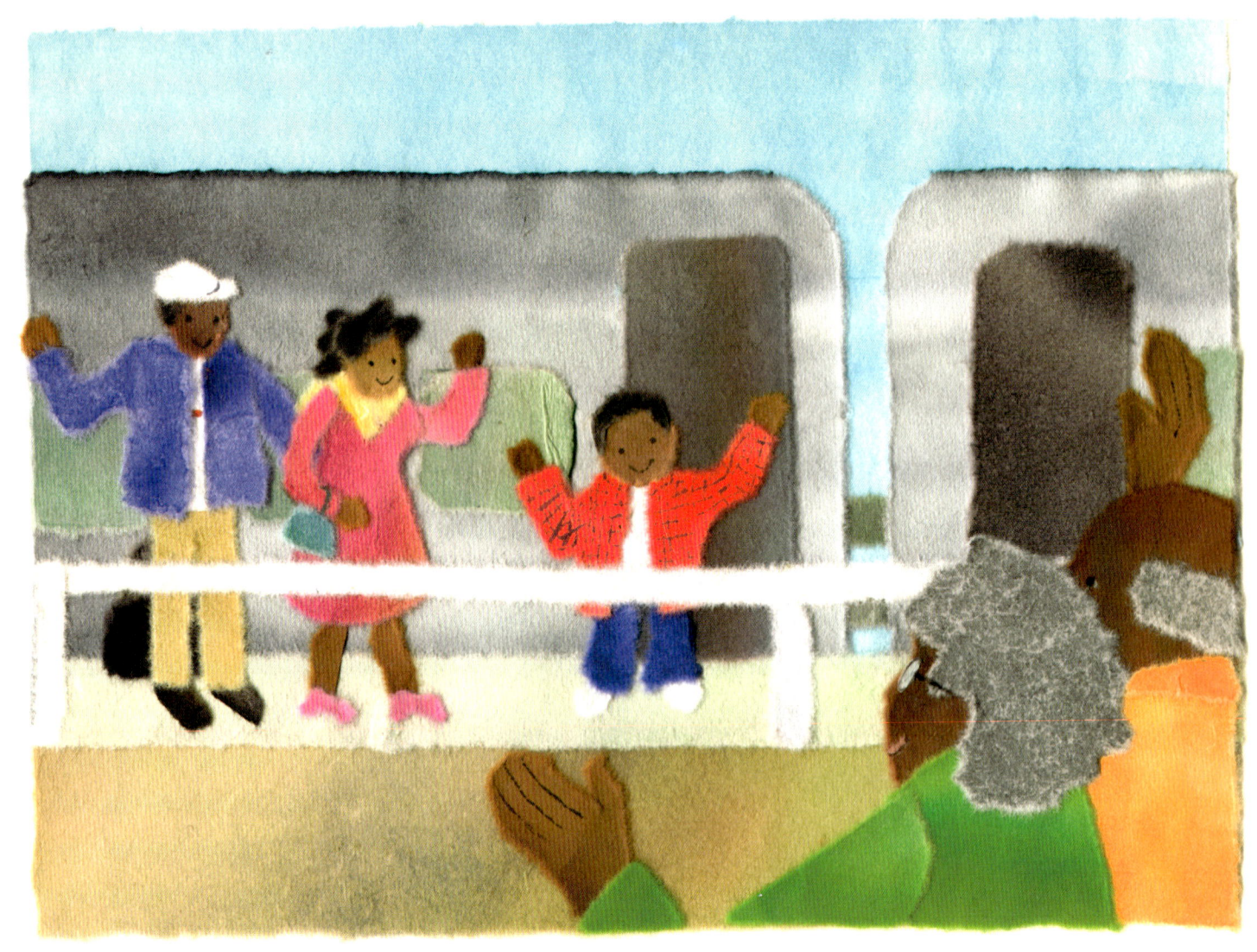

Nos despedimos.

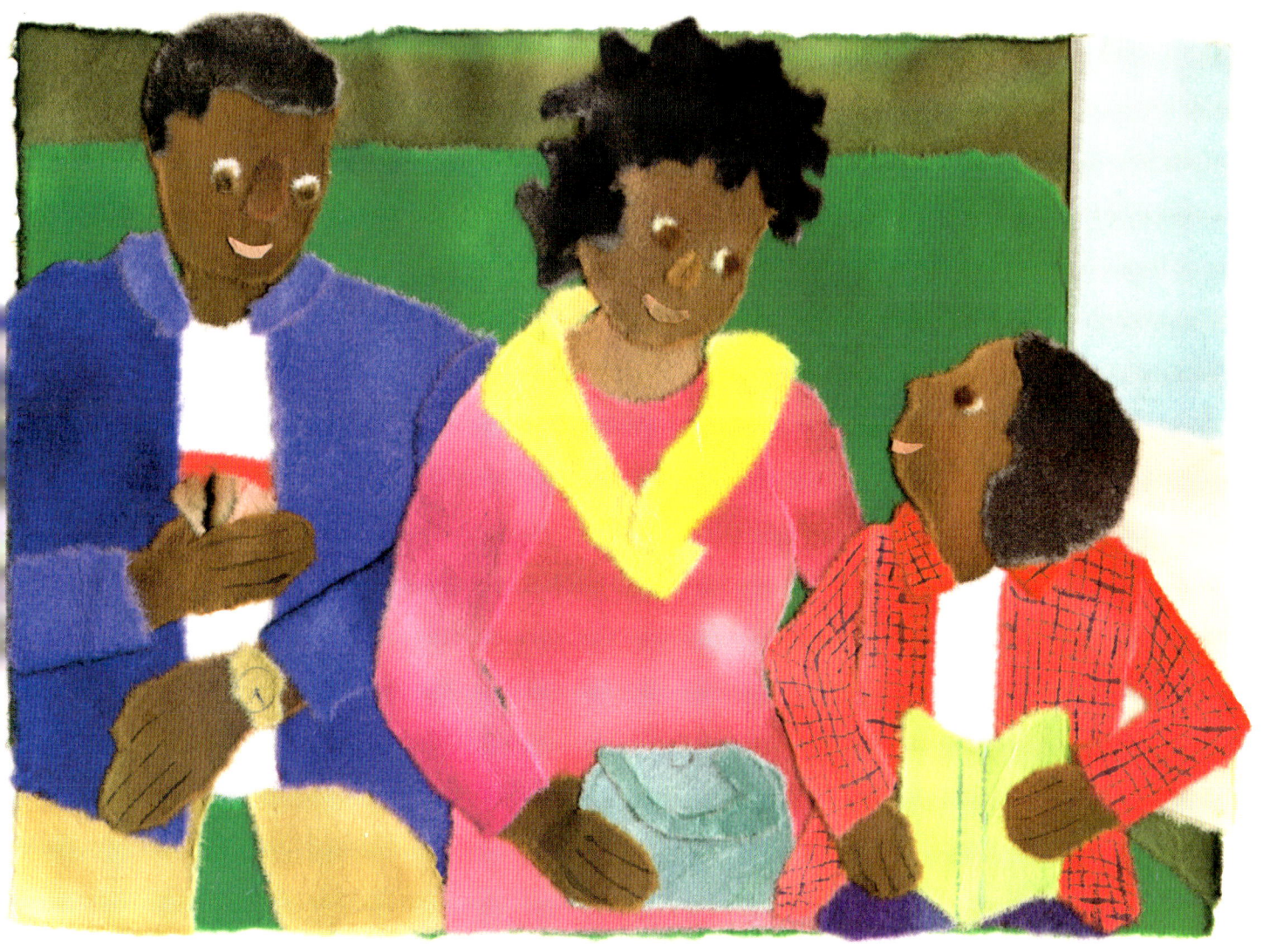

Nos sentamos.

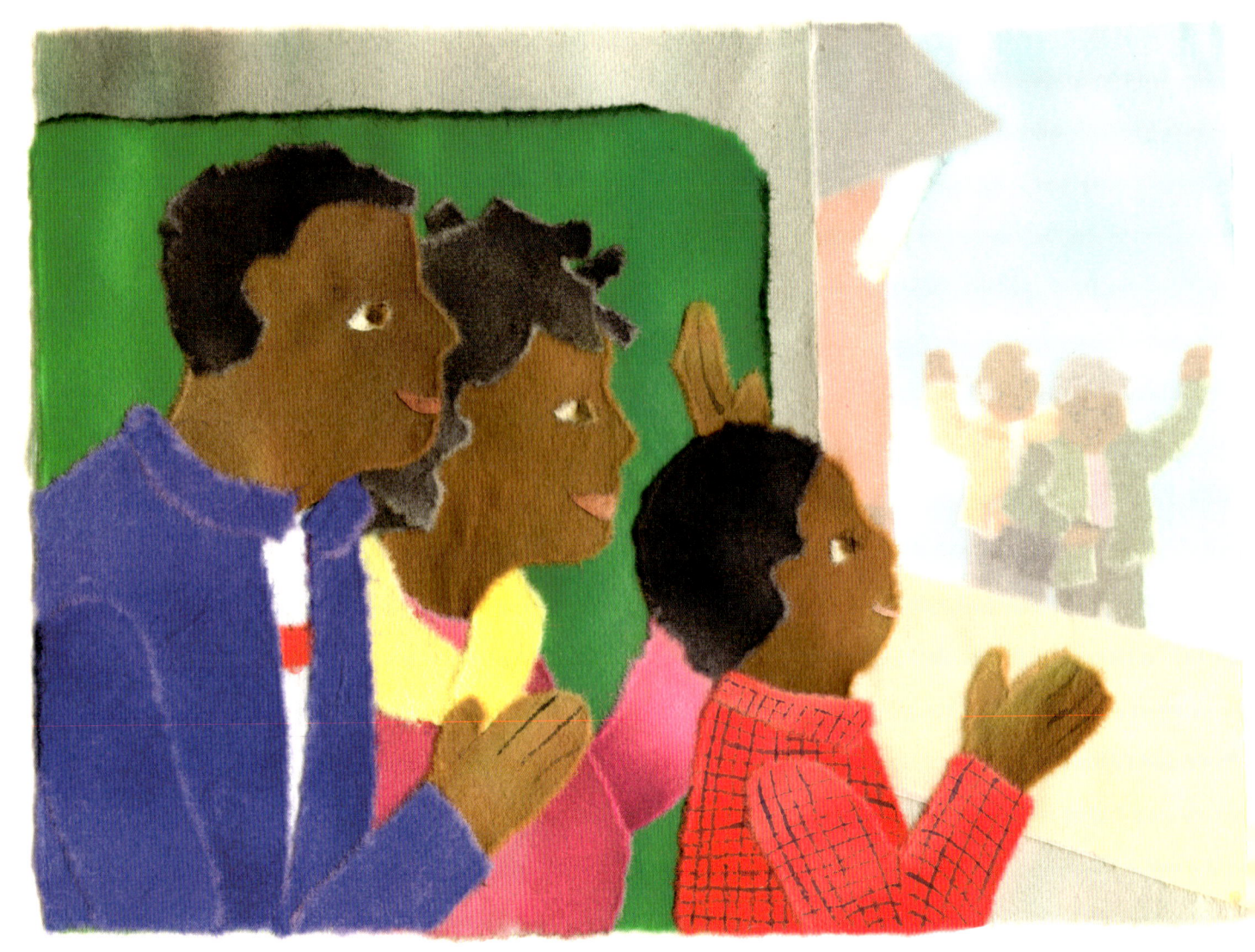

Nos despedimos.

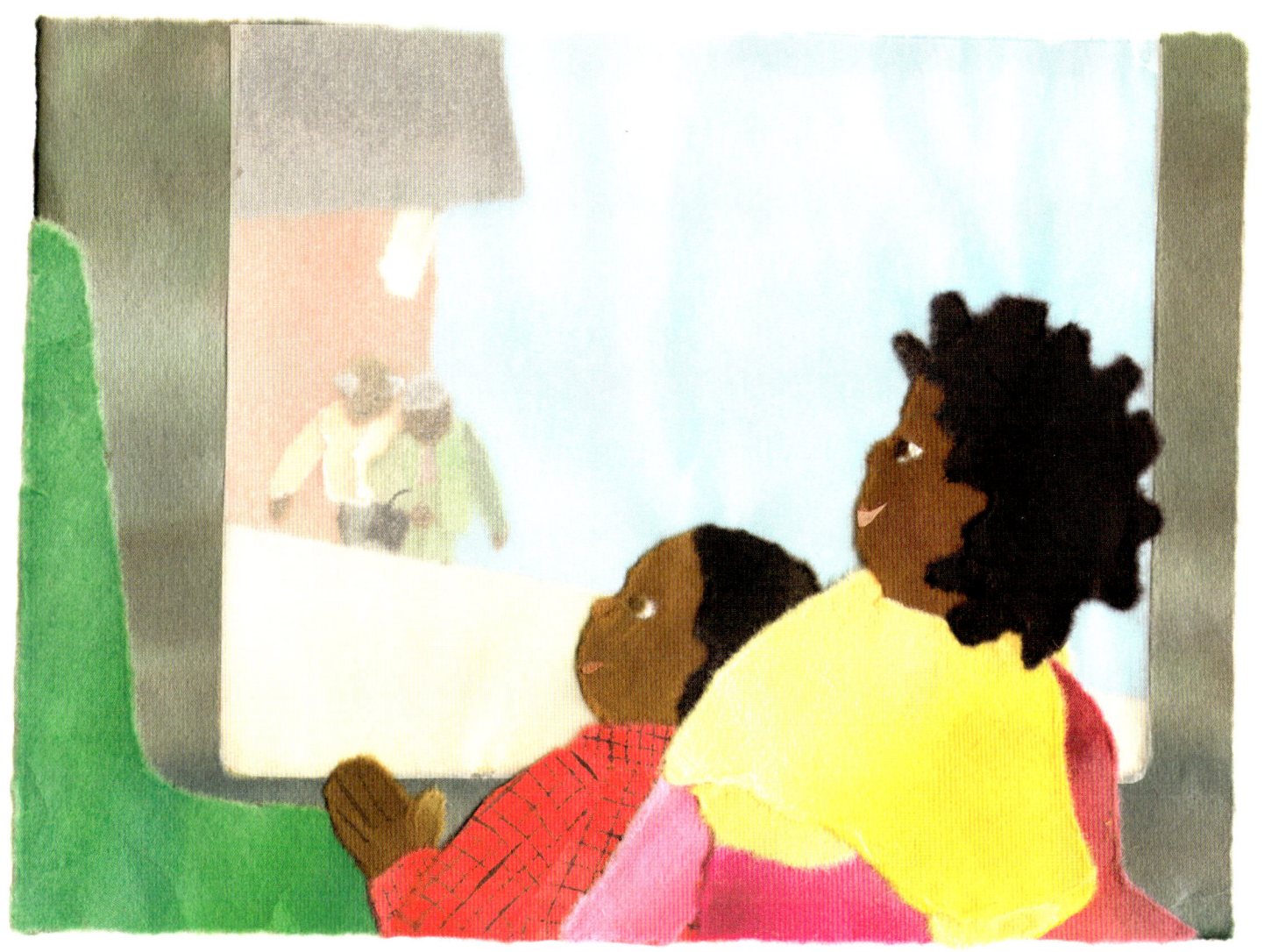

Nos movemos.

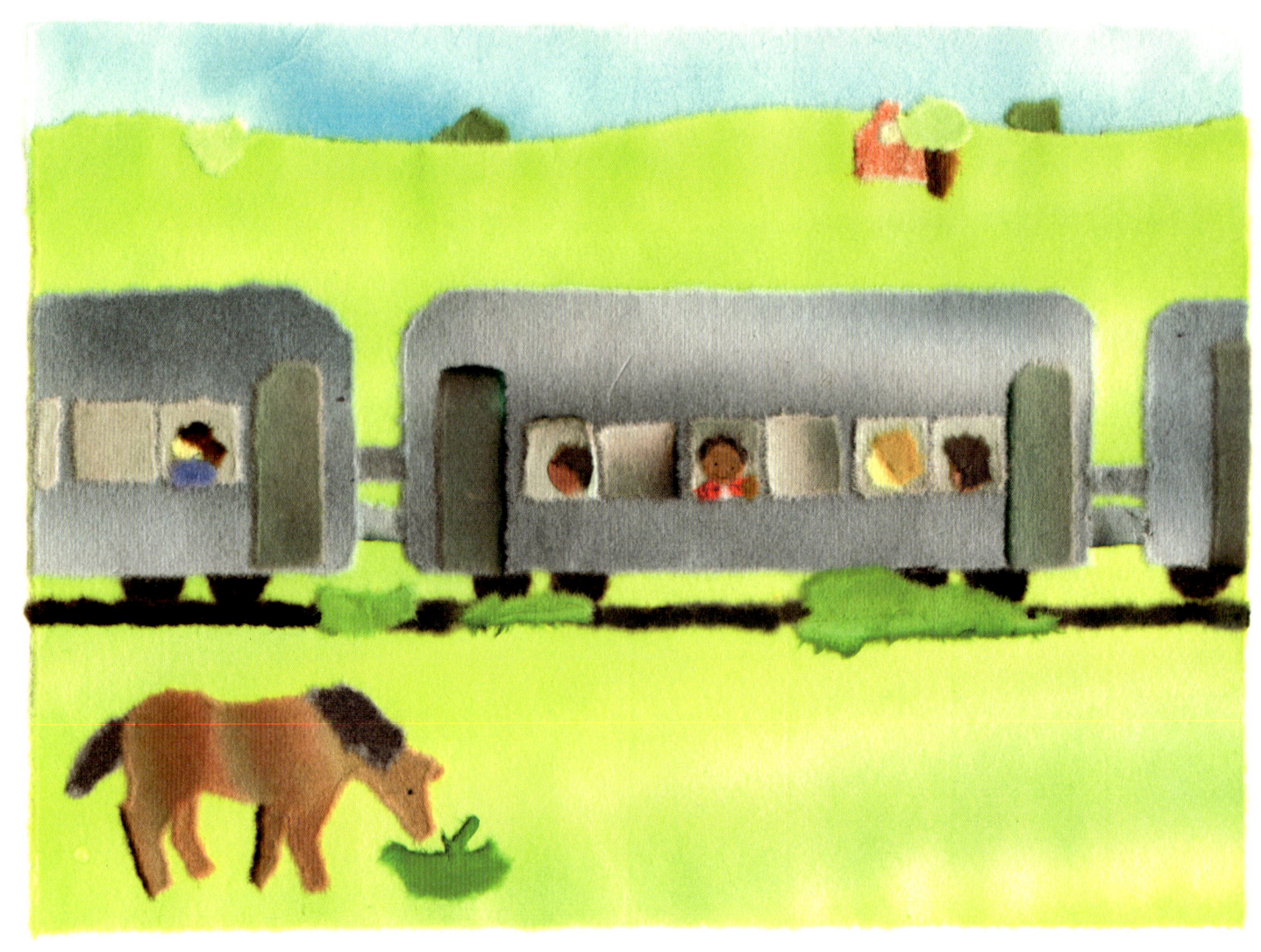

¡Viajamos en tren!